# Dis un mot, Tino!

## *Des romans à lire à deux,* pour les premiers pas en lecture !

**La collection Premières Lectures accompagne les enfants qui apprennent à lire. Chaque roman peut être lu à deux voix : l'enfant lit les bulles et un lecteur confirmé lit le reste de l'histoire.**

**Cette collection a trois niveaux :**

**NIVEAU 1** les bulles peuvent être lues par l'enfant qui débute en lecture.

**NIVEAU 2** les bulles peuvent être lues par l'enfant qui sait lire les mots simples.

**NIVEAU 3** les bulles peuvent être lues par l'enfant qui sait lire tous les mots.

Quand l'enfant sait lire seul, il peut lire les romans en entier, comme un grand !

Un concept original **+** des histoires simples **+** des sujets qui passionnent les enfants **+** des illustrations :
**des romans parfaits pour débuter en lecture avec plaisir !**

**Cette histoire a été testée par Valérie Le Borgne, enseignante, et des enfants de CP.**

L'orthographe rectifiée est appliquée dans cet ouvrage.

© 2014 Éditions NATHAN, SEJER, 92, avenue de France, 75013 Paris
Loi n° 49-956 du 16 juillet 1949 sur les publications destinées à la jeunesse, modifiée par la loi n° 2011-525 du 17 mai 2011.
ISBN 978-2-09-255073-1

# Les copains du CP

**NIVEAU 1**

## Dis un mot, Tino !

Texte de Mymi Doinet
Illustré par Nathalie Choux

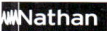

Lundi, c'est la rentrée à l'école Plume-Poil-Patte ! Tout est grand ici, il ne faut pas se perdre.

La classe est là !

Parmi les élèves, il y a un chat en pyjama, une poule en pull, un singe avec une casquette, et puis aussi un petit âne sans rien du tout.

Puce, le chat, Picota, la poule, et Caramel, le singe, s'installent au premier rang. Mais pas Tino, le petit âne.

Il reste près du radiateur et baisse le museau. Madame La Cane lui demande de s'approcher.

Tu n'es pas puni, Tino !

Ensuite, la maîtresse trace sur le tableau 2 canaris plus 2 moineaux. Comptez, ça fait combien ?

4 repas !

Toute la classe rit, mais pas Tino.
Pourquoi boude-t-il depuis ce matin ?

Le lendemain, à l'heure du conte, madame La Cane choisit la plus drôle des histoires.

On va lire « Le Rat botté » !

Les élèves crient « Youpi, vive le mardi ! », mais pas Tino. Oh là, là ! Le petit âne aurait-il des soucis ?

Le petit âne la frappe du sabot.
Et bing ! La balle renverse le chapeau de madame l'Oie, la directrice. Dans la cour, tous les élèves ont envie de rire, sauf Tino.

Le jour d'après, à la cantine, Picota et Caramel salivent devant leurs assiettes :

De la pizza à la pomme !

Miam ! Les gloutons se régalent.

L'ânon, lui, ne mange rien,
et il n'a pas faim.

Madame La Cane est inquiète pour le petit âne.

Tu es malade, Tino ? J'ai du sirop !

Mais impossible de savoir ce qui tracasse l'ânon. C'est déjà le jeudi, et Tino est toujours aussi muet !

L'après-midi, la maitresse demande de dessiner des mots avec la lettre « O ». Sur leurs cahiers, Puce, Picota et Caramel colorient des boas.

Oh ! Ils sont rigolos.

Tino, lui, n'a rien tracé, et il se tait encore. Ce n'est pas normal, un tel silence !

Depuis la rentrée, l'ânon est triste, ça ne peut plus durer ! Puce, Picota et Caramel veulent savoir pourquoi leur copain ne va pas bien.

Hop! Ils sautent sur son dos et le supplient :

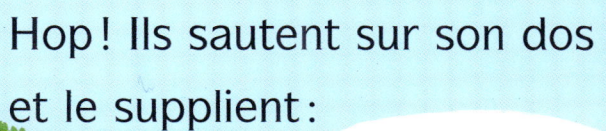

Dis un mot, Tino !

Alors, le petit âne parle enfin…

Tino ne trouve pas ça juste :
il n'a pas de pyjama, pas de pull,
pas de casquette. Si seulement
il portait un bel habit sur son pelage
gris comme un jour de pluie !

Je n'ai même pas de bottes !

La maitresse sèche les larmes de l'ânon avec un mouchoir qui sent bon.

À la fin de la journée, madame La Cane réunit Puce, Picota et Caramel. Elle leur chuchote un secret très important.

Le chat, la poule et le singe ont compris la consigne. Ce soir, chacun d'eux préparera une surprise pour Tino.

Le lendemain, quel beau vendredi pour Tino : madame La Cane, Puce, Picota et Caramel ont tous un cadeau pour lui. Le petit âne tente de deviner ce qu'il y a dans chaque paquet :

Une cape ?

Une robe ?

Non ! La maitresse et les copains
de Tino ont eu la même idée…

Dans chaque paquet, il y a une belle cravate ! Aussitôt, Tino les attache toutes les quatre autour de son cou.

Et là, pour la première fois de la semaine, le petit âne rit, lui aussi.

Je suis si joli, les amis !

# Bravo ! Tu as lu un livre en entier !
Tu as aimé cette histoire ?

## Retrouve Les Copains du CP dans d'autres aventures !

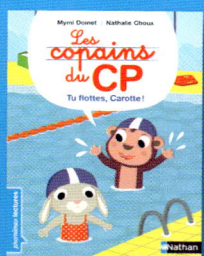
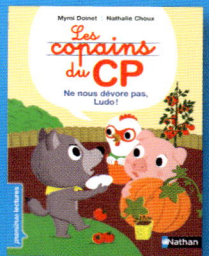
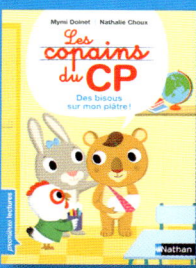

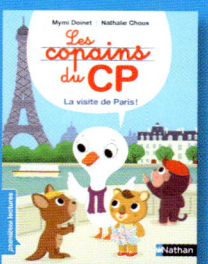

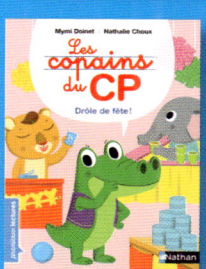

N° éditeur : 10266147 – Dépôt légal : juin 2014
Achevé d'imprimer en juillet 2020 par Pollina
(85400 Luçon, Vendée, France) - 94483

*premières lectures*

À la rentrée de septembre, les enfants de CP entrent doucement en lecture. Afin de les accompagner dans cette découverte et d'encourager leur plaisir de lire, Nathan Jeunesse propose la collection **Premières lectures**.

Cette collection est idéale pour une **lecture à deux voix**, prolongeant ainsi le rituel de l'histoire du soir. Chaque ouvrage est écrit avec des **bulles**, très simples, que l'enfant peut lire car les sons et les mots sont adaptés aux compétences acquises au cours de l'année de CP, et qui lui permettent de se glisser dans la peau du personnage. Par ailleurs, un «lecteur complice» peut prendre en charge les **textes**, plus complexes, et devenir ainsi le narrateur de l'histoire.

Les récits peuvent ensuite être relus dans leur intégralité par les élèves dès le début du CE1.

Les ouvrages de la collection sont **testés** par des enseignant(e)s et proposent trois niveaux de difficulté selon les textes des bulles: **Je déchiffre**, **Je commence à lire**, **Je lis comme un grand**.

L'enfant acquiert ainsi une autonomie progressive dans la pratique de la lecture et peut connaître la satisfaction d'avoir lu une histoire en entier…

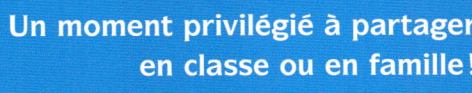

**Un moment privilégié à partager en classe ou en famille!**

Nathan © 2013, illustrations de M. Allag, Z. Zonk

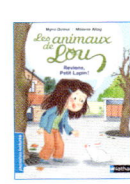